Mark Sarg

„Darf ich Sie eingraben, Madame?“

Mark Sarg

„Darf ich Sie eingraben, Madame?“

Bizarre Kurzgeschichten

Goldene Rakete Verlag für Belletristik

Imprint

Cover image: www.ingimage.com

Publisher:
Goldene Rakete Verlag für Belletristik
is a trademark of
International Book Market Service Ltd., member of OmniScriptum Publishing Group
17 Meldrum Street, Beau Bassin 71504, Mauritius

Printed at: see last page
ISBN: 978-620-0-51892-7

INHALTSVERZEICHNIS

DIE UNERREICHBARE LEICHE 3

DAS HERRENLOSE KLEID 4

DIE DÄMLICHE LEICHE 5

„DARF ICH SIE AUFFRESSEN?“ ODER

DIE CHIRURGISCHE SCHEIDUNG 6

DER KRIECHPAPST 7

„ZU UNEHREN DES WELTSPIESSERTUMS“ 8

DAS VERDRIESSLICHE GESCHÖPF 9

DER PAPST ALS MUTTERMAL 10

DER PAPST ALS HÜHNERBRUST 11

DER PAPST ALS SCHLITTSCHUHLÄUFER 12

DAS ANHÄNGLICHE KLEID 13

DIE ANONYME LEICHE 15

DIE PRIVILEGIERTE LEICHE 16

DER SARGNOTAR 17

DIE SARGPRINZESSIN 18

DER ERSEHNTE AUGENBLICK 19

DIE PÄPSTLICHEN IGEL 20

„DARF ICH SIE ERLÖSEN?“ 21

UNERKLÄRLICHE LEIDENSCHAFTEN 22

DER PÄPSTLICHE FROHSINN 23

DIE INHAFTIERTE LEICHE 24
DIE ENGAGIERTE LEICHE 25
DER SICHERE ZUSTAND 26
„KOPF ODER GELD“ ODER
DIE SELTSAME REKLAME 27
DIE ELOQUENTE LEICHE 28
DER PAPST ALS CLOUMUSCHEL 29
DIE LEICHE IM WOCHENBETT 30
„DARF ICH SIE EINGRABEN, MADAME?“ 31
„DARF ICH SIE BEGRABEN, MONSIEUR?“ 32
DIE LEICHE OHNE MITGIFT 33
DAS DEMÜTIGE GESCHÖPF ODER
DIE SELBSTBEICHTE 34
VORBOTEN DES WELTUNTERGANGS 35
DER PAPST ALS SCHWEINSHAXEN 36
DER PAPST ALS SCHWERENÖTER 37
DER PAPST ALS KNALLERBSE 38
DAS TRUDELINISCHE GESCHÖPF 39
DIE LIEBLINGSPUPPE 40
DAS ENDE DER FESCHHEIT 41
DAS ENDE DER HÄSSLICHKEIT 42
DER MEISTERFRISEUR 43
DER PAPST ALS APERITIF 44

DIE UNERREICHBARE LEICHE

Seit ihrem Tode war Signora Trampolina Hausputz für wirklich ***niemanden*** mehr zu erreichen:

„Irgendwann muss ***Schluss*** sein mit den dauernden Besuchen und dem ewigen Palaver und Gebrabbel! Ich komme sonst ***nie*** zu meiner Selbstverwirklichung!!“

DAS HERRENLOSE KLEID

Auf einer einsamen Parkbank fand Monsieur Gauguin Pulverfass ein herrenloses Kleid.

Neugierig schlüpfte er hinein, es passte – und von da ab war es ***nicht*** mehr herrenlos.

Da er es aber gar nicht wieder ausziehen wollte, war ***er*** leider bald seine ***Stellung*** los …

DIE DÄMLICHE LEICHE

Staatspräsident Confortino Kriechpapst war dämlich genug, allen Ernstes zu glauben, mit seinen politischen Aktivitäten auch ***nach*** seinem Abgange fortfahren zu können.

Kaum hatte er jedoch die ersten Schritte in dieser Richtung unternommen, fand er sich flugs zurück auf der Erde – diesmal freilich als Papagei in einem weltbekannten Zoo.

Dazu „auserwählt", den vorbeiströmenden Besuchermassen von früh bis spät die Kommentare nachzuplappern – womit er allerdings so erfolgreich war, dass ihn die Tierparkleitung schon bald zum „Amtlichen Zoosprecher mit Vertretungsbefugnis" ernannte. Was lediglich durch seinen frühen Tod vereitelt wurde.

Danach nun widmete er sich vornehmlich – wer hätte ***das*** gedacht! – den ***Geisteswissenschaften*** …

„DARF ICH SIE AUFFRESSEN?“ ODER DIE CHIRURGISCHE SCHEIDUNG

„Darf ich Sie auffressen, meine Gnädigste?“, wandte sich Monsieur Isidore Bauchstrumpf an die von ihm hochverehrte Madame Antoinette Mondsumpf.

„Von Herzen gern – aber nur, wenn wir uns duzen und Sie mich zuvor ***geehelicht*** haben, da ich streng katholisch bin!“

Sie vermählten sich also schleunigst und jetzt hieß es: „Darf ich ***dich*** auffressen, mon chéri?“ Freudestrahlend ließ sie es endlich geschehen.

Doch nun lag sie ihm so schwer im Magen, dass er sich postwendend wieder scheiden ließ – mittels chirurgischen Eingriffes.

DER KRIECHPAPST

Papst Blaupilz der Gewandte begnügte sich nicht bloß damit, vor dem ***Herrn*** zu Kreuze zu kriechen, was er lediglich als ***offizielle*** Pflicht erachtete, sondern dehnte dies überaus lustvoll auf seine ***Vorgänger*** aus, die er tagtäglich in den Katakomben zu bekriechen pflegte.

Denn nur auf diesem geweihten Boden und in solcher ***Demut*** würde wahre Heiligkeit erblühen!

„ZU UNEHREN DES WELTSPIESSERTUMS“

Als man nach jahrelanger Suche endlich in einem Weinkeller die Leiche des Vorsitzenden einer streng konservativen Partei, Rinaldo Bleischädel, fand, war sie in einem solch katastrophalen Zustande, dass man beim besten Willen nicht wusste, wie mit ihr umzugehen sei.

Schließlich hatten einige namhafte Künstler und Mediziner die rettende Idee. Sie konservierten den Verstorbenen exakt so wie er war – und gruppierten um ihn herum in einem Park am Rande der Stadt ein Mahnmal „zu Unehren des Weltspießertums“.

DAS VERDRIESSLICHE GESCHÖPF

Ein verdrießliches Geschöpf wandelte auf Brautschau. Da es infolge seines Zustandes niemanden fand, heiratete es sich notgedrungen selbst.

Wer nun aber meint, dass sich dadurch sein Befinden besserte, irrt sich ganz gewaltig.

Erst als es wieder von sich geschieden war, hatte seine Verdrießlichkeit schlagartig ein Ende!

DER PAPST ALS MUTTERMAL

In seinem Behütungsdrange erbot sich Papst Juckhut der Reizende am Ende seiner Audienzen, die Gläubigen mit einer Brennzange „sanft“ zu zwicken – damit sie ihn als „Muttermal“ in seliger und ***unvergesslicher*** Erinnerung behielten.

Da erstaunlicherweise ***keiner*** sein generöses Offert nutzte, ist er heute prompt ***völlig*** vergessen.

DER PAPST ALS HÜHNERBRUST

Selber nur recht unbewandert auf dem Gebiete der Kulinarik, wollte Papst Schleimhupf der Neugierige allzu gerne wissen, wie es sich wohl anfühlt, von einem ausgewiesenen ***Gourmet*** verspeist zu werden.

Da ihm dies in seinem „natürlichen" Zustande vermutlich auf ewig verwehrt schien, bat er den Schöpfer zur Belohnung für einige besonders fromme Tage um Erlaubnis, sich als zart geräuchertes Hühnerbrustfilet an der Tafel des Maître Flatteur Gottpopsch zu kredenzen.

Doch da es sich bei diesem eben um einen ***wahren*** Feinschmecker handelte, spürte er sogleich absolut treffsicher sämtliche päpstlichen ***Untugenden*** heraus – und spie ihn daher angewidert und mit einem Fluche wieder aus.

„Auf ***diese*** Erfahrung hätte ich getrost verzichten können, o Herr!", brummte der Verschmähte leicht vorwurfsvoll, während er kleinlaut und geläutert in den Vatikan heimkehrte.

DER PAPST ALS SCHLITTSCHUHLÄUFER

Von Amtsbeginn an fühlte sich Papst Windspecht der Anmutige wie ein diplomatischer Schlittschuhläufer, der virtuos über das allzu glatte vatikanische Parkett glitt.

Als er dann trotz beharrlicher Übungsdisziplin mehrmals auf die Nase gefallen war, machte er allein ***Luzifer*** dafür verantwortlich, der ihm wohl sicherlich ein Bein gestellt hätte.

Und verabsäumte solcherart, die wahren Schuldigen unter den ***Kardinälen*** zu suchen – die daher ungehindert daran weiterarbeiteten, ihn bald zur ***Gänze*** auf Eis zu legen …

DAS ANHÄNGLICHE KLEID

In der Absicht zu Bett zu gehen, schlug Generaldirektor Florestan Mundsack die Decke zurück – und staunte nicht wenig, als er ein ihm gänzlich unbekanntes, einladend ausgebreitetes lila Rüschenkleid fand.

Ehe er nachsinnen konnte, sprang es auch schon heraus und stülpte sich ihm über. „Aber was fällt dir ein – – was ***treibst*** du denn mit mir?!“, stammelte er hilflos. „Stell keine albernen Fragen, sondern finde es heraus!“, entgegnete das Kleid resolut. „Oder ***magst*** du etwa keine Kleider?“ „Doch, doch“, stotterte er. – „Nun eben!“ Damit schien die Diskussion vorerst beendet.

Der Bedauernswerte sollte es fortan nicht mehr loswerden. Man kann sich kaum vorstellen, was er durchlitt. Er, der nie ein Kleid besessen, musste nun lernen, sich möglichst „vorteilhaft“ darin zu bewegen, was ihm wahrlich einiges abverlangte. Hinzu kamen das unverhohlene Befremden und die Verständnislosigkeit der Firmenbelegschaft sowie des Freundeskreises. Und einen Mantel oder Anzug überzuziehen, war ihm striktest untersagt, weil er in diesem Falle mit einer ***Verschärfung*** seiner Prüfung zu rechnen hätte.

Mit am schlimmsten war es freilich nach dem täglichen Duschen, wenn das Kleid patschnass am Körper klebte und partout nicht zu trocknen beliebte!

Doch waren es der Unannehmlichkeiten so viele, dass es müßig scheint, sie alle aufzuzählen. Der Generaldirektor musste nahezu lernen, ein komplett neuer Mensch zu werden!

„Wann ***endlich*** werde ich von dir erlöst?", seufzte er schließlich eines Nachts. „Dann, wenn du mich so liebst, dass du mich gar nicht mehr ***missen*** möchtest!", lautete die verheißungsvolle Botschaft.

Da fügte er sich gottergeben in sein Schicksal.

DIE ANONYME LEICHE

Eine Leiche legte größten Wert auf ihre Anonymität und ließ sich daher vorsorglich in einem Massengrab beisetzen.

Sie hatte nämlich auf maßloseste Art und Weise Steuern hinterzogen!

DIE PRIVILEGIERTE LEICHE

Kammersänger Enzio von Pulverfraß genoss die Auszeichnung, unweit der Eintrittsallee, im nobelsten Teil des Friedhofs zu logieren.

Als dieser aufgelassen werden sollte, ***dachte*** er gar nicht daran, sein Privileg aufzugeben – und handelte sich als Ersatz ein ***Ehren***grab auf dem neuen Friedhof ein.

Sein Druckmittel: Er ***wusste*** einfach viel zu viel über seine prominenten Mitbewohner – was nicht nur deren Erben hätte gefährlich werden können …

DER SARGNOTAR

Seine Amtsgeschäfte verrichtete Notar Dr. Filiberto Haubenpflück ausschließlich in einem Sarg. Nur so vermeinte er sich den nötigen Respekt verschaffen zu können.

Denn im Gegensatz zu seiner gesamten Klientel weilte ***er*** noch am ***Leben***!

DIE SARGPRINZESSIN

Prinzessin Anomalia von Schwindt war derart ängstlich auf ihre ***Unberührtheit*** kapriziert, dass sie die weitaus meiste Zeit des Tages schon vorsorglich in einem luxuriös gepolsterten Sarg zubrachte.

„Falls es mich irgendwann ereilt, kann ich dann gleich ***darin*** bleiben und wünsche von ***niemandem*** mehr berührt zu werden!“, ließ sie allerorts verlauten.

Und als sie im Alter von 200 wirklich den Geist aufgab, und Hofmedikus Giovanelli Mondruss beflissen zur Ursachenklärung herbeigeeilt war, klopfte sie ihm sogleich ***energisch*** auf die Finger: „Meine Anordnung gilt auch und ***gerade*** für Sie, Sie Ferkel!“

Sodass er schließlich nur noch „Tod aus eigenem Ermessen“ bekunden konnte.

DER ERSEHNTE AUGENBLICK

„War auch ***aller***höchste Zeit, wie lange hätte ich denn ***noch*** warten sollen, um diesen Augenblick endlich zu genießen!“, frohlockte der pensionierte Justizrat Palestrina Schweinbein, nachdem er verschieden war.

Um gleich darauf erregt ins „Bestattungszentrum“ zu eilen, mit Hingabe den schönsten und teuersten Sarg auszusuchen, sich wohlig entspannt hineinzulegen – und alles Weitere inclusive Bezahlung der lieben Verwandtschaft bzw. der Vorsehung zu überlassen.

DIE PÄPSTLICHEN IGEL

Mit fortschreitender Dauer seines Pontifikats igelte sich Papst Krauthecht der Störrische immer ***doktrinärer*** in den katholischen Lehren ein und sperrte seinen „heiligen“ Geist beharrlichst und rigorosest gegen anderslautende Erkenntnisse jeglicher Art.

Und als er sein törichtes Verhalten endlich im Sterben realisierte, hatte er nur eine schwache „Entschuldigung“ parat: „Im Grunde sind wir Päpste eben wahre ***Igel***!“ Wobei er sich gleich darauf heiligst schwor, niemals wieder etwas Derartiges zu sein.

Zur Ehrenrettung seiner ***tierischen*** Kollegen muss freilich schon erwähnt werden, dass diese absolut ***nichts*** gemein haben mit den Marotten ihrer menschlichen Mitgeschöpfe – denen alleine sie auch ihren ***Namen*** zu verdanken haben …

„DARF ICH SIE ERLÖSEN?“

„Darf ich Sie von Ihrem Erdendasein erlösen, meine Herren?“

Ohne weiteren Verzug katapultierte ein Bote aus dem Jenseits nach dieser formalen Einleitung die vier zur wöchentlichen Bridgepartie versammelten erlauchten Herren Vogelsang, Nebelklang, Wandbehang und Atembang in seine Welt hinüber.

Dort spielten sie dann einfach weiter Karten – wunderten sich aber schon bald, dass sie nicht einmal zu ***trinken*** brauchten dabei …

UNERKLÄRLICHE LEIDENSCHAFTEN

Unerklärliche Leidenschaften befielen Geheimrat Barnabino Braunzeck, sooft er einen Friedhof passierte.

Er kroch in die Gräber, schmuste mit den Insassen – und kehrte anschließend tiefbeglückt beim nächsten Heurigen ein, wo er dann mit den Gästen bis zum Morgen weiterschmuste.

Und all dies, obwohl er ***nicht*** von dieser Welt war – sondern seinen Namen wie sein Äußeres lediglich zur ***Tarnung*** trug …

DER PÄPSTLICHE FROHSINN

Eine vielleicht doch recht merkwürdige Auffassung von Frohsinn war Papst Schauderfratz XIII. zu eigen.

Er freute sich von ganzem Herzen über jeden Christen, den seine Häscher als ***un***christlich und sündhaft enttarnt hatten, und warf ihn sogleich frohgemut – als fromme Opfergabe an den Herrn – seinen allzeit fressbereiten Raubtieren vor.

DIE INHAFTIERTE LEICHE

Wegen ihrer beharrlichen Weigerung, in ihrem Grabe zu verbleiben, wurde gegen Miss Lavinia Lachrüssel vom übereifrigen Staatsanwalt Cataracto Zwickhut Anklage erhoben und sie in Untersuchungshaft genommen.

Am Ende eines langwierigen Verfahrens jedoch von Richter Adamino Brauthecht freigesprochen – da es wirklich ***niemandem*** zuzumuten sei, ***gegen*** seinen Willen in welchem Grab auch immer festgehalten zu werden.

Nach ihrer umgehenden Entlassung verschwand die Rehabilitierte auf Nimmerwiedersehen – wobei sie auf eine Haftentschädigung gnädigst verzichtete.

DIE ENGAGIERTE LEICHE

Countess Jacinda Palmgreen nutzte ihre neue Zeit für eine ganze ***Reihe*** gemeinnütziger Aktivitäten, wobei sie sich endlich auch mit Nachdruck für den Umweltschutz engagierte.

Doch reichte ihr all dieses noch immer nicht. Erst als sie vom Vorstand des Friedhoftheaters als Prinzipalin engagiert wurde, fand sie wirklich umfassend Erfüllung. Nun konnte sie nach Herzenslust den Spielplan arrangieren, setzte vornehmlich ***heitere*** Stücke, in denen es natürlich um den Tod ging, aufs Programm und spielte nicht selten auch gleich die Hauptrolle dabei. Sodass sie wahrlich in ***jeder*** Hinsicht ausgelastet schien.

Im nächsten ***Leben*** freilich zog sie es nach so viel Hektik wieder vor, sich primär für sich ***selber*** zu engagieren …

DER SICHERE ZUSTAND

Unter jahrzehntelangen philosophischen Zermürbungen suchte Prof. Palestrino Reibsand einen Zustand, der ihm absolute ***Sicherheit*** böte vor den Unbilden und Widrigkeiten des Lebens.

Und fand ihn plötzlich ganz von selbst – durch seinen Tod.

„KOPF ODER GELD“ ODER

DIE SELTSAME REKLAME

Aus Effizienzgründen pflegte der vielbeschäftigte Monsieur Beausac Tollschwein beim Coiffeurbesuch den Kopf immer abzugeben, um ihn dann später wieder abzuholen, wenn er fertig war.

Einmal war er jedoch mit seinen Dauerwellen absolut unzufrieden und weigerte sich schlichtweg zu bezahlen. Es entspann sich ein erbitterter Streit, in dessen Verlauf die Friseuse Coraline Graunudel den Standpunkt: „Kopf oder Geld“ einnahm.

„Dann ***behalten*** Sie den Kopf – so wie ***der*** nun aussieht, kann ich ihn ohnehin nicht gebrauchen! Ich besorge mir umgehend einen neuen. Aber ***Sie*** empfehle ich ***garantiert*** nicht weiter!“

Seither lässt tatsächlich niemand mehr seinen Kopf ***allein*** zurück im Salon.

Und dies, obwohl sich Monsieurs Haupt zu Werbezwecken noch immer in der Auslage befindet …

DIE ELOQUENTE LEICHE

Nach ihrem Dahingang war Signora Giovanella Lichtstrumpf mit einem Schlage so eloquent, dass man wahrlich erst selber sterben musste, um mit ihr auch nur einigermaßen Schritt halten zu können. Aber selbst dann hatte man wohl kaum eine Chance.

Sie schöpfte einfach aus einem immensen Nachholbedarf – war sie doch zeitlebens ***stumm*** gewesen!

DER PAPST ALS CLOUMUSCHEL

Sich äußerst wohltuend von seinesgleichen unterscheidend, hatte Papst Ziersack der Schneidige immer ein mehr oder weniger gelungenes Witzchen oder Scherzchen parat – und steigerte sich darin stetig.

Und so empfand er es nachgerade als ***Meister***clou, sich beim Festbankett zu Ehren eines angesehenen Indianerhäuptlings neben Austern und anderen Meeresfrüchten als fein gewürzte, marinierte „Muschel" in den Salat zu schmuggeln – um dann kurz vor dem Verzehr triumphierend „Bitte um ***Enthaltsamkeit*** – ich bin euer Heiliger ***Vater***!" auszurufen.

Doch ehe er sich rasch wieder entfernen konnte, hatte ihn der hohe Gast auch schon mit dem Hinweis: „Unsere Väter speisen wir ***besonders*** gern!" samt einem Knoblauchtoast gierig verschlungen und sich dankbar bekreuzigt hinterher.

Ob der Papst auch ***diesen*** Clou noch überbieten konnte, ist leider unbekannt.

DIE LEICHE IM WOCHENBETT

Da ihr Sarg seine Schwiegereltern besuchte, hatte er Baronin Amalia von Schwindsucht für die Zeit seiner Abwesenheit freundlicherweise ein ***Bett*** zur Verfügung gestellt – welches sie allerdings so komfortabel fand, dass sie es gar nicht mehr verlassen wollte.

Doch da sie ihren Unterkunftgeber natürlich weder brüskieren noch zur Gänze an seine Verwandtschaft verlieren wollte, schloss sie mit ihm nach der Rückkehr die Vereinbarung, alternierend eine Woche in ihm und eine im Bett zu verbringen.

Den besorgten Genossinnen, die sie zwischenzeitlich im „Stammhaus" vermissten, verkündete sie bei der Heimkehr stolz, sie sei nun eine „Wöchnerin".

Denn zu Lebzeiten war ihr Derartiges leider versagt gewesen.

„DARF ICH SIE EINGRABEN, MADAME?“

„Darf ich Sie eingraben, Madame?“, wandte sich ein galanter, doch mysteriöser Unbekannter an Madame Aurélie Schmalzopf.

„Was bekomme ich denn dafür?“ – „3.000 Euro bar auf die Hand!“

Freudigst willigte sie ein, erhielt die Summe sogleich ausgehändigt – und ließ sich bald darauf in einem wundervollen Schlosspark feierlich vergraben.

Fairerweise muss hinzugefügt werden, dass ihr Vertragspartner auch das ***Geld*** nicht wieder ausgrub – obwohl es die neue Eignerin mit Sicherheit ***nicht*** mehr benötigte …

„DARF ICH SIE BEGRABEN, MONSIEUR?“

„Darf ich Sie begraben, Monsieur?“, erkundigte sich der Totengräber bei Monsieur Bombardon Damenbart, der, nachdem die Trauergäste endlich verschwunden waren, nochmals aus dem Sarg geschlüpft war, um am Rande des offenen Grabes sitzend genüsslich eine Zigarre zu paffen, überaus zufrieden, die ***Leichenrede*** wohlüberstanden zu haben.

„Aber natürlich, Verehrtester, obliegen Sie nur Ihrer Pflicht!“ Und gehorsam legte er sich wieder in den Sarg und wartete, bis die Arbeit getan war.

Abends freilich kam er erneut hoch und rauchte ***zwei*** Zigarren. „Vielleicht finde ich zu guter Letzt ja doch noch heraus, wozu der ganze Begräbniskult gut ist!“

Dann erst stieg er hinab, um eine geruhsame Nacht zu verbringen.

DIE LEICHE OHNE MITGIFT

Miss Marbellina Winterspecht war nicht nur völlig ***einsam***, sondern auch ohne jede Mitgift verschieden – weshalb es ihr partout nicht gelang, einen Sargpartner aufzutreiben.

Es half nichts, sie kehrte verzweifelt zurück ins Leben – und sucht sich seither durch eine ***Geldheirat*** zu sanieren, um wenigstens ***danach*** noch einen passenden Sarg zu finden.

DAS DEMÜTIGE GESCHÖPF ODER

DIE SELBSTBEICHTE

Ein überaus demütiges Geschöpf ging zur Kirche, um bei Monsignore Vincenzo Mauerspecht die Beichte abzulegen.

Da ihm nichts ***anderes*** einfiel, beichtete es sich ***selbst*** – und erhielt die völlige Absolution von sich.

Aus Demut und Dankbarkeit darüber, dass ihm keine sonstige Buße auferlegt worden war, knüpfte es sich hernach an einem Baum im Kirchhof auf.

VORBOTEN DES WELTUNTERGANGS

Äußerst ***trübe*** Gesellen tauchten plötzlich in der Öffentlichkeit auf, um den Leuten die Stimmung gründlich zu vergällen und sie in ihre Häuser zu verbannen – da sie nur dort Schutz vor dem unmittelbar bevorstehenden Weltuntergang fänden.

Nachdem sie dann wochenlang ausgeharrt und sich immer mehr von ihnen aus schierer Platzangst und Verzweiflung gegenseitig abgemurkst hatten, zogen die „Propheten" befriedigt weiter.

Mittlerweile – so hört man – sollen bereits die nächsten Boten unterwegs sein …

DER PAPST ALS SCHWEINSHAXEN

Deftigen Tafelfreuden durchaus nicht abhold, liebte es Papst Schmorbauch der Titanische, sich vor versammelter Kardinalsrunde als „Schweinshaxen Gottes“ zu titulieren.

Ob er wohl ***damit*** beim Schöpfer punkten konnte?

DER PAPST ALS SCHWERENÖTER

Papst Gogelnapf der Gewandte, der sich nur allzu gerne von den Zeitgenossen als „Schwerenöter“ feiern ließ, geriet gegen Ende seiner Herrschaft immer mehr ins Zweifeln, ob ihm sein mittlerweile übermächtiges Image beim Antritt vor dem ***Herrn*** wohl nützen würde.

Und entschied sich – nun ganz kleinlaut und unsicher –, lieber ***gleich*** beim Teufel anzutreten.

Zu seiner allergrößten Verblüffung nützte es ihm aber dort ***noch*** weniger …

DER PAPST ALS KNALLERBSE

Um es beim Silvesterball der Heiligen Drei Könige einmal ganz ***besonders*** heilig krachen zu lassen, stellte sich Papst Dudelfink der Letzte in aufopfernder Weise als Knallerbse zur Verfügung.

Zwar explodierte er wirklich höchst theatralisch, doch blieb auf Erden nichts mehr von ihm übrig.

Denn dafür hatte Satan schon gesorgt.

DAS TRUDELINISCHE GESCHÖPF

Ein Geschöpf, das keine Mutter hatte, weswegen man davon ausging, dass es vom ***Vater***, der nur mit Namen Trudelino überliefert ist, zur Welt gebracht worden war, wurde später, nach Enthüllung seines Geheimnisses, zum gefeierten Leitbild einer neuen Strömung, des ***Trudelismus***.

Deren erhabenes Ziel darin bestand, das ***Unmögliche*** zu verwirklichen.

Im Rahmen dessen soll das Geschöpf sogar versucht haben, seinem Tode „vorzubeugen", indem es kurz davor in des Vaters Hülle zurückkehrte – der freilich einige Jahre früher selber dahingegangen war.

Leider dürfte mittlerweile auch der Trudelismus wieder sanft entschlafen sein.

DIE LIEBLINGSPUPPE

Die kleine Elly Nagelring besaß eine Lieblingspuppe der ganz besonderen Art – die naturgetreue Nachbildung einer Leiche im „fortgeschrittenen Stadium“.

Dieses pädagogisch so ungemein wertvolle Spielzeug sollte sie von früher Kindheit an mit ihrem späteren Zustande vertraut machen und ihr damit jeden unnötigen Schrecken nehmen – hatte aber in ihrem Falle leider noch einen weiteren, unvorhergesehenen Effekt:

Um ihrem Schicksal nur ja zu entgehen, ***verbrannte*** sie sich schon zu Lebzeiten mitsamt ihrem Fetisch.

DAS ENDE DER FESCHHEIT

Fräulein Gallizia Sahnehauch, eine durch und durch fesche Person, rutschte aus der 30. Etage den Müllschlucker hinab, um dann genüsslich den Geist aufzugeben.

Sie hatte nämlich ein für alle Male ***genug*** von ihrer Feschheit und den daraus resultierenden ständigen Nachstellungen und Komplikationen!

DAS ENDE DER HÄSSLICHKEIT

Die bedauernswerte, als „hässlich“ geschmähte Signora Palisandra Schmockbauch kroch in den Tabernakel einer aufgelassenen Dorfkirche und harrte dort drei Wochen aus, bis sie verhungert war.

Durch die Nähe zu Gott trachtete sie zumindest im ***Tode*** noch ein wenig an Schönheit hinzuzugewinnen.

DER MEISTERFRISEUR

Wiewohl sein fragwürdiges Unternehmen bloß ***getarnt*** als „Frisiersalon“, war Marchese Perfidio Lockenzwick dennoch ein Meisterfriseur par excellence zu nennen.

Denn er frisierte nicht nur ***seine*** Bilanzen derart gekonnt, dass wahrlich kaum jemand sie zu durchschauen vermochte.

Und sollte einem besonders listigen Steuerprüfer das schier Unglaubliche trotzdem gelingen – frisierte er diesen gleich ***mit***.

So umfassend, dass von ihm nicht einmal die Haare übrigblieben …

DER PAPST ALS APERITIF

Um bei möglichst vielen Unentschlossenen Appetit aufs Christentum zu schüren, tanzte Papst Wolkensack der Geschmeidige regelmäßig in einem schmucken Ballettröckchen zu beschwingten Walzerklängen vor dem Petersdome auf.

Um hierzu stets in bester Form zu bleiben, hatte er Maître Gamache Kriechvogel von der Pariser Oper an den Vatikan engagiert.

Und tatsächlich vermochte er die begeisterten Zuseher in Scharen zu animieren und zu bekehren – jedoch zur ***Kunst*** und nicht zur Religion.
Folglich gab es bald im Handel keinen Ballettrock mehr – die Kirchen aber blieben trotzdem leer.

Printed by Books on Demand GmbH, Norderstedt / Germany